GILBERTO Y EL VIENTO

Por Marie Hall Ets
Traducido por Teresa Mlawer

GILBERTO

Mi nombre es Gilberto
y ésta es una historia sobre
el Viento y yo.

Y EL VIENTO

LECTORUM
PUBLICATIONS, INC.
111 EIGHTH AVE., NEW YORK, NY 10011-5201

Mi agradecimiento a Gilberto y a su mamá,
y también a Pepe, quienes me inspiraron
a escribir este libro.

GILBERTO Y EL VIENTO

Spanish translation copyright © 1995 by Lectorum Publications, Inc.
First published in the United States under the title
GILBERTO AND THE WIND
by Marie Hall Ets
Copyright © Marie Hall Ets, 1963,
Copyright © renewed Marjorie M. Johnson, 1991

This edition published by arrangement with the original Publisher,
VIKING PENGUIN, a division of PENGUIN BOOKS USA, INC.

ISBN 1-880507-16-1

Printed in the United States of America

1 2 3 4 5 6 7 8 9

Oigo el susurro de Viento en la puerta.
–¡*Uuuuuu!* –susurra–. ¡*Uuuuuu!*
Tomo mi globo y salgo a jugar.

Al principio, Viento es gentil y deja que mi globo flote en el aire.
Pero, de repente, tira de él y se lo lleva hasta la copa de un árbol.

—¡Viento, Viento! —lo llamo—. Por favor, devuélveme mi globo.

Pero no me hace caso. Simplemente se ríe y susurra:

—¡Uuuuuu! ¡Uuuuuu!

A Viento le encanta jugar con la ropa que está tendida al Sol. Infla las fundas de las almohadas como globos, sacude las sábanas y enreda los tirantes del delantal.

Desprende tantas pinzas de tender ropa como puede. Luego, se prueba la ropa, aunque sabe que es pequeña para él.

9

A Viento le encantan los paraguas. Una vez, llovía y abrí uno.

Viento trató de quitármelo y, como no pudo, lo rompió.

11

Si no han pasado el cerrojo a la puerta de la cerca en el prado, Viento juega con ella. La abre y la cierra de golpe, haciéndola crujir.

12

–¡Viento, Viento! –lo llamo, mientras me trepo a la puerta–. ¡Dame una
vuelta! Pero no puede porque, conmigo, la puerta es muy pesada.
Viento ni siquiera puede moverla.

Cuando la hierba de los prados está alta, a Viento y a mí nos gusta jugar a las carreras. Viento corre adelante, regresa y comienza de nuevo.

14

Pero él siempre gana porque corre veloz sobre la hierba, mientras que yo tengo que correr a través de ella y tocar el suelo con los pies.

Cuando los chicos mayores juegan con sus cometas en la colina, Viento los ayuda. Las eleva muy alto en el cielo y las mueve de un lado para otro.

Pero si yo juego con mi cometa, Viento no me ayuda a que vuele.
Por el contrario, la deja caer.

−¡Viento! ¡Oh, Viento! −le digo−. ¡Hoy no eres mi amigo!

En el otoño, cuando las manzanas están maduras, corro al campo con Viento

y me paro bajo el manzano. Viento sopla y siempre deja caer una para mí.

Y cuando juego con mi barquito de vela, Viento viene y lo impulsa,

igual que ayuda a los marineros a navegar sus grandes veleros en alta mar.

Cuando juego con mi molinete, Viento se acerca a jugar conmigo.
Primero, lo soplo para que él vea como lo hago. Entonces lo extiendo y

Viento lo mueve. Y cuando él lo sopla, lo mueve tan rápido que apenas se distingue su forma y sólo se escucha la dulce melodía de un silbido.

Lo que más le gusta a Viento son mis pompas de jabón. Él no puede
hacer las burbujas. Tengo que hacerlas yo. Pero él se las lleva en el aire

para que el Sol las coloree. Luego, las sopla para que regresen y me
hace reír cuando revientan en mis ojos o en la palma de mi mano.

En el otoño, cuando las hojas de los árboles caen, me gusta barrerlas y hacer una pequeña montaña con ellas. Y para demostrarme que él

puede barrer sin una escoba, esparce las hojas nuevamente y me sopla tierra en los ojos.

A veces, Viento es tan fuerte que desprende los árboles y derriba las cercas. Entonces, me da miedo. Corro a mi casa y cierro bien la puerta.

Y cuando él me persigue rugiendo y trata de deslizarse por el ojo de la cerradura, yo le grito:

–¡No, Viento! ¡No!

Pero llega un día en que Viento se siente cansado.

—Viento, Viento —lo llamo en voz baja—. ¡Oh, Viento! ¿Dónde estás?

—Sh-sh-sh-sh —contesta Viento, y mueve una hoja seca para que yo sepa dónde está. Entonces, me acuesto en el prado muy cerca de él y los dos nos quedamos dormidos, a la sombra de un sauce llorón.